KB249072

SUPER DWEEP

④ 타임 트럼펫과 시간 여행

제스 브래들리 글 · 그림

영국 출신의 삽화가이자 캐릭터 디자이너입니다.
제스 브래들리는 80년 이상의 역사를 가진 세계적인 어린이 만화 잡지에 글과 그림을 실었으며,
2021년에는 작품 『이것저것들의 하루』가 영국 BBC 블루피터 북 논픽션 수상작으로 선정되었습니다.
그린 책으로 『이것저것들의 하루: 똥, 말미잘 그리고 화산의 하루』, 『이것저것들의 하루 2: 바퀴, 파라오 그리고 매머드의 하루』,
『하루에 한 장 상상력 만화 그리기 노트』, 쓰고 그린 책으로 『슈퍼 드윕 1: 마법 연필을 지켜라!』,
『슈퍼 드윕 2: 엉덩이를 지워라!』, 『슈퍼 드윕 3: 진짜 앤디 vs. 가짜 앤디』 등이 있습니다.

김민영 옮김

아이들에게 영어를 가르치는 매일이, 그림책을 통해 내 소중한 아이와 함께 자랄 수 있었던 매일이 즐거웠습니다.
지금은 좋은 책들을 만나 우리말로 옮기며 매일을 즐겁게 살고 있습니다.
옮긴 책으로 『슈퍼 드윕 1: 마법 연필을 지켜라!』, 『슈퍼 드윕 2: 엉덩이를 지워라!』,
『슈퍼 드윕 3: 진짜 앤디 vs. 가짜 앤디』가 있습니다.

Super Dweeb and the Time Travel Trumpet
by Jess Bradley

Copyright © Arcturus Holdings Limited
www.arcturuspublishing.com
All rights reserved.
Korean translation copyright © 2023 Girin Media
Korean translation rights are arranged with Arcturus Publishing Limited through AMO Agency.

이 책의 한국어판 저작권은 AMO에이전시를 통해 저작권자와 독점 계약한 기린미디어에 있습니다.
저작권법에 의해 한국 내에서 보호를 받는 저작물이므로 무단 전재와 무단 복제를 금합니다.

슈퍼 드윕 ④ 타임 트럼펫과 시간 여행

초판 1쇄 발행 2023년 1월 25일
글 · 그림 제스 브래들리 | **옮김** 김민영
펴낸이 홍성우 | **책임 편집** 스튜디오 플롯 | **디자인** 꽁디자인
펴낸곳 기린미디어 | **등록** 2016년 4월 26일 제 409-2016-000009호
제조국 대한민국 | **주소** 경기도 김포시 모담공원로 17 | **사용연령** 8세 이상
전화 0505-302-2381 | **팩스** 0505-300-2381 | **전자우편** girinmedia@daum.net

ISBN 979-11-92340-29-6 74840
        979-11-92340-04-3 74840(세트)

※ 책값은 뒤표지에 표시되어 있습니다.
※ 파본이나 잘못된 책은 구입하신 곳에서 바꿔드립니다.
※ 종이에 베이거나 긁히지 않도록 조심하세요. 책 모서리가 날카로우니 던지거나 떨어뜨리지 마세요.

이번에 벌어질 흥미진진한 이야기는···.

타임 트럼펫과 시간 여행

제스 브래들리 글·그림
김민영 옮김

타임 트럼펫
시간 여행이 뭐야?

타임머신처럼
트럼펫으로 시간 여행을
하는 거 아닐까?

시간 여행은
과학적으로 불가능해!
말도 안 된다고!

가능할 거
같은데?*

*안 될 거 같지만,
그냥 그렇게 말함.

 기린미디어

우리는 슈퍼 드웜 팀!

차례

등장인물

앤디 | 조금 어설퍼 보이지만, 비밀 슈퍼 히어로!

멋짐 점수: <u>멋진 걸로는 최고!</u>

모나 | 앤디의 가장 친한 친구이자 천재 과학자.

멋짐 점수: <u>10점 만점에 11점!</u>

오스카 | 앤디의 성가신 남동생.

멋짐 점수: <u>별로?</u>

못된 마이크 | 앤디가 다니는 학교의 악당.

멋짐 점수: <u>멋짐이라고는 찾아볼 수 없음.</u>

마법 연필 | 그림을 살아 움직이게 하는 방사능 연필.

멋짐 점수: <u>측정 불가능.</u>

I. 슈퍼 드윕의 탄생

<u>안녕?</u>

그런데 우리 전에 만난 적 있나? 낯이 익어.

(농담이야. 놀라지 마. 책 속에 있는 내가 네 얼굴을 볼 수 있을 리 없잖아.)

내 이름은 **앤디**야. 곧 열한 살이 돼.

그림은 아주 잘 그리지만 낯을 많이 가려.

또 좋아하는 게 생기면 지나치게 **푹 빠지는** 성격이지.

이런 내 성격 때문에 어떤 애들은 날 **괴짜**라고 불러.

그런데 걔네는 가장 중요한 걸 모르고 있어.

난 괴짜가 아니라, <u>슈퍼 드윕</u>이라는 거!

내가 슈퍼 히어로가 된 이야기는 방사능이

가득한 섬으로 현장 학습을 갔던 것부터 시작해.

(맞아, 선생님이 말도 안 되는 곳을 골랐지.)

그곳에서 다람쥐 한 마리가 내 연필을

훔쳐 도망가다가 **플루토늄**이

가득 담긴 통에 빠지고 말았어.

플루토늄은 내 연필을 **마법 연필**로 바꿔 버렸고,
마법 연필로 그림을 그리면 **살아 움직였어.**

내 단짝 친구 모나의 설득으로
나는 <u>**슈퍼 히어로**</u>가 되었고 말이야!

그 후, S.S.C.R.A.M.이라는 수상한
비밀 연구소에서 날 감시하기 시작했어.
그 연구소의 한 과학자가 마법 연필에 달린
지우개 부스러기를 훔쳐서 연구하다가
악당으로 변한 일도 있었어.
정말 지독했던 **악당, <u>엉덩지우개 박사!</u>**

다행히 우리는 <u>**스톰 요원**</u>의 도움으로
엉덩지우개 박사를 물리쳤어.
스톰은 정말 멋진 비밀 요원이야!
가끔 화를 못 참고 욱하긴 하지만.

스톰 요원은 모나의 재능을 알아보고,
연구소에서 함께 일하자고 제안했어.
그리고 모나는 연구소를 감시할 목적으로
S.S.C.R.A.M.의 인턴사원이 되기로 했지.

앞에서 말했던 것처럼 나는 좋아하는 게 생기면 **정신을 못 차려.**
모나는 그런 내 머릿속을 '끈적끈적한 뇌'라고 불러.
요즘 내가 푹 빠진 건 스낵몬 카드야.
**스낵몬의 모든 카드를 빠짐없이
다 갖는 게 내 소원이지!**

다시 말하자면,
나는 무언가에 빠지면 엄청 집착해.
그렇다고 해서 슈퍼 히어로 임무를
소홀히 하는 건 아니고!

그래, 인정할게. 내가 스낵몬 카드 때문에 아주 잠깐 한눈팔긴 했어.
하지만 그게 뭐 큰 잘못이야? 학교 애들 모두 다 스낵몬에 빠져 있다고.
그러니까 내 말은, 스낵몬이 얼마나 근사하면 그렇겠냐 이거지.
하지만 수업 시간에 스낵몬 카드를 가지고 있는 건 절대 금지야.

"그렇구나! 그럼 천재 앤디는 오늘 배운 내용도 잘 기억하고 있겠지?
대서양 버뮤다 제도 주변에 있는 삼각형 모양의 지역을 뭐라고 하지?"

"어…. 버뮤다 삼각, 버뮤다 삼각팬티?"
난 아무렇게나 말해 버렸어.

"와, 아주 정확해!"
스퀴브 선생님의 눈이 커졌어.

"정말요? 휴!"
안도의 한숨을 쉬었지.

"정말 정확하게 틀렸어!"
스퀴브 선생님이 **폭발했어.**
"수업은 전혀 듣지 않았구나! 지긋지긋한 스낵몬!
지금부터 학교에 스낵몬 카드를 가지고 오는 건 금지야!"

안 돼애애애애애애애애애!

산산조각이 난 내 꿈!

이보다 더 끔찍한 일은 없을 거야!

완전 싫어!

세상이 끝난 기분!

쯧쯧! 똥 멍청이 같은 스낵몬도 이제 끝이네!

우리 반 악당, ← 못된 마이크!

으으…. 조, 조용히 해!

맞받아쳤어야 했는데 더듬거리고 말았다!

너무 시시해.

한 방 먹여야 하는데, 제발!

문구점에 가서 양념 테이프 달라는 너보다는 낫지!

실수였어! 나도 알아, 양면테이프!

2. 2049년, 미래 감옥

이제 다른 이야기를 해 볼까 해. 때는 2049년….

모든 게 정말 많이 발전했어.

게임은 가장 중요한
교과 과목.

하늘을 나는
자동차와 로봇.

양배추
(조금 더 맛있어짐).

하지만 나 같은 악당들의 삶은
더 끔찍해졌지!
사사건건 참견하는
'슈퍼 드윕' 때문에 우리 모두
감옥에 갇혔다고!

난 나이가 들면서
더 똑똑해졌고,
이제는 손도 아주
잘 그려!

미래의
슈퍼 드윕!

감옥 생활이 지긋지긋해진 악당들이 모였어.

미래 감옥
(탈옥할 생각 하지 마세요!)

으으, 치가 떨린다! 슈퍼 드웝!

그 녀석을 진짜!

웜뱃 장군

시계 박사

로봇 침팬지

그 녀석이 다 망쳤어!
요즘 세상에 우리처럼 정직하고
착한 악당들이 어디 있냐고.

내 말이 그 말이야!
나 같은 웜뱃 군인은
이젠 찾아볼 수가 없어.

우끼끼! 삐빅!

다 맞는 말만 하는구나.
로봇 침팬지.

맞아,
감동적이었어!

후비적!

13

여기에서 탈출할 수만 있다면
정말 좋을 텐데!
잠깐, 너 이름이 '시계 박사'랬지!
혹시 시간 여행자 같은 거야?

맞아, 그런데 지금은
내 슈퍼 아이템이 없어.
이 시계는 그냥 시간 보는 용도야!

뭐, 대단한 건 줄
알았잖아.

끼익! 삐빅! 우끼끼!

아니,
그건 해부학적으로
불가능해!

앗! 누가 오고 있어!

뚜벅뚜벅! 뚜벅뚜벅!

시계 박사, 당신 부하들이
선물을 보낸 것 같은데요?

생일 축하합니다!

비켜!
네 케이크
아니잖아!

이제 교도관도 갔으니…. 자, 나의 감옥 친구들! 너희에게 내 슈퍼 아이템을 소개하지!

쑤욱!

짠! 타임 트럼펫!

이것만 있으면 과거로 가서 미래를 바꿀 수 있어!

빠암!

빠바바밤!

그런데 네 생일 아직 멀었잖아!

아야!

홱!

15

나도 가도 돼?

슈퍼 드웝 작전을 같이하길 원함.

안 돼. 오스카는 엄마랑 과학 캠프 갈 짐 싸야지!

힝!

어쩔 수 없지. 콧물아, 너도 짐 싸는 거 같이 도와줘.

형, 뭐든 좋으니까 계획이 생기면 나한테도 알려 줘야 해!

응!

S.S.C.R.A.M.에 대해 할 이야기가 있어!

알겠어. 그런데 우선 스낵몬 카드 이야기부터 하면 안 돼?

어휴!

앤디의 방

삐빅!

삐용!

참, 요즘 슈퍼 히어로 임무는
잘하고 있는 거지?

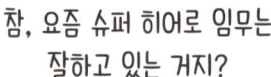

그럼! 얼마 전에 은행 강도한테
스낵몬 카드도 받았어. 그것도 진짜
구하기 힘든 희귀 카드!

앤디! 그건 히어로답지 못한 행동이야!

그 정도는 괜찮아.
그건 그렇고, 아까
말하려던 건 뭐야?

S.S.C.R.A.M.에서 수상한 일을
꾸미고 있는 건 확실한데,
내가 거기에서 일하는 날이
이틀밖에 안 남았어.
벌써 비밀번호를 다 바꿔 놨더라고.

그래도 네가 커피 드론을 훔친 걸
아직 안 들켜서 다행이네!

빌린 거라고!

"자, 우리가 지금까지 알아낸 걸 정리해 보자. S.S.C.R.A.M.에서 **방사능 섬**,
그러니까 너한테 초능력이 생긴 그 섬에 비밀 요원들을 보냈어.
그들은 상자에 뭔가를 담아서 운반하고 있었고."
모나가 말했어.

"그럼…. 모나, 넌 상자 안에
뭐가 들어 있을 것 같아?"
내가 물었어.

"돌연변이 생물 아닐까?
아니면 **플루토늄**?"

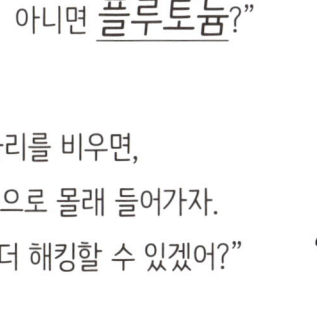

"요원들이 잠시 자리를 비우면,
그 틈에 연구소 안으로 몰래 들어가자.
비밀번호를 한 번 더 해킹할 수 있겠어?"
내가 다시 물었어.

"**모나!** 아빠가 데리러 오셨단다!"
그때 엄마가 계단을 올라오며 말하는 게 들렸어.
"그래. 뭐라도 찾아낼 수 있도록 내일
S.S.C.R.A.M.에 가서 비밀번호를 한 번 더 해킹해 볼게!"
모나가 대답했지.

우리는
슈퍼 드웝 팀!

하이
파이브!

다음 날, S.S.C.R.A.M.의
수상한 비밀 연구소

특급
비밀!

보지 마세요!

당신은 권한이
없습니다!

이제 뭘 알아내는 건 어렵겠네….

게다가 커피 드론이 없으니
종일 커피 배달이나 하겠군.

오늘은 네가 커피 드론이구나!
캐러멜 라테 한 잔 부탁해.

또 이 아저씨네!

네, 당연히 만들어 드려야죠!

구시렁구시렁!

기운 내, 커피 드론 학생.
너도 몇 년만 열심히 일하면
나처럼 될 수 있을 거야!

우쭐!

그런데 이곳에서 정확히
무슨 일을 하세요?

난 문서 첨부 전문가야.

잠깐만요….

그러면 하는 일이
종이 클립 주문하기?

그게 있잖아,
실은 내가 중요한 문서를
잃어버리는 바람에 강등된 거야.
하지만 곧 다시 승진할 거라고!

네. 그러시겠죠. 자, 여기요.
맛있게 드세요.

대단하네. 커피를 옥상까지 배달해 달라니!
이러다간 아무것도 해킹 못 하겠어.

커피 주문!
에스프레소 더블 샷.
옥상으로.

잠시 후

커피
배달 왔습니다.

앗?

안녕, 모나.
오랜만이야!

스톰 요원!

커피 잘 마실게.
사실은 네 도움이 필요해서 불렀어.

방사능 섬과 관련된 거겠죠?

와, 역시 넌 천재야! 네 말이 맞아.
그리고 이 일은 정말 심각한
일이니까 그냥 나를 믿어 줘!

그런데 혼자서는 해결 못 해요?
S.S.C.R.A.M.의 보스인 줄
알았는데!

나도 그랬으면 좋겠다.
자세히 말할 수는 없지만
난 보스가 아니야.

S.S.C.R.A.M.은 방사능 섬을
장악하라는 보스의 명령을 받고
움직이고 있어.

보스가
누군데요?

시간이 없어. 가면서 마저 이야기하자.

잠깐만요. 설마 이 잠수함이
하늘을 날아요?

3. 슈퍼 드윕은 이제 없어!

다시 학교

스낵몬?
스낵몬!
스낵몬….

자, 모두
157쪽을 펴고….

이제 학교에 스낵몬 카드를 가져오는 건 무조건 금지야.
내가 학교에 다닐 이유가 사라진 거지.
스낵몬이 없었을 땐 도대체 무슨 재미로 살았을까?
바로 그때였어! 갑자기 교실 창밖으로 이상한 게 보였어.

은행

저건….
다른 세계로
통하는
포털?

망설일 시간이 없었어! 슈퍼 드윕이 해결할 일이니까!

"곧 쉬는 시간인데 잠깐 못 참겠니?" 한숨을 쉬며 선생님이 물었어.

"설사할 것 같아요. 오늘 아침으로 돼지고기, 소고기, 닭고기를…"

난 몸을 배배 꼬았어.

"앤디! 자세하게 말할 필요 없어. 얼른 갔다 와."

나는 히어로 슈트와 마법 연필을 가지러 사물함으로 달려갔어.

그리고 나 대신 수업을 들을 가짜 앤디를 그린 다음, 연필을 잔뜩 줬어.

가짜 앤디는 연필을 많이 먹을수록 오래 살아 움직이거든.

은행

오! 딱 맞춰 은행에 착륙했어!

은행 안에 들어가서 돈부터 훔치자.
미래에서 쓰던 돈은 여기에서 못 쓰니까.

야, 이 멍청이야! 은행을 털면 그 순간
우리 계획은 엉망이 되는 거라고!
과거에 온 이유가 뭐야? 슈퍼 드윕이
우리 미래를 망치는 걸 막으려고 온 거잖아!

아, 맞다!

마침 저기 오네!

하하. 거기 이상한 옷 입은 애들!
너희 어디서 왔어?

저 녀석도
정말 어렸었네!

물어봐 줘서 고마워!
우린 미래에서 온 악당들이야.

웜뱃 장군,
너 제정신이야?

저리 가!

상어
제트기!

아악!

무표정
기린!

뭐야?
너무 쉽잖아!

깍!

휙!

근육
가지맨!

야, 어떻게 좀 해 봐!
조잡한 그림인데 너무 강해!

걱정하지 마!
역사책에서 읽은 슈퍼 드윕의
치명적인 약점····.

스낵몬 카드!

짜잔!

말도 안 돼!
미래에는 티타늄으로 만든
카드까지 나오는 거야?

맞아!
어디에서도 구할 수 없는 희귀한 카드지!

우아!

더 기가 막힌 게 뭔지 알아?
카드를 문지르면 맛있는 냄새가 나!

진짜네?

난 기운이 다 빠진 채 학교로 돌아왔어.

가짜 앤디가 사라졌는지 확인할 정신도 없었어.

이제 마법 연필은 없어. 마법 연필이 없으면 더는 슈퍼 드윕도 없는 거야.

터덜터덜!

다행히 학교로 돌아왔을 때는 점심시간이었어.

"야! 저 똥 멍청이,
분명 교실 안에 있었는데?
순간 이동한 것도 아니고,
이렇게 빨리 밖으로
나올 수가 있나?"
못된 마이크가 말했어.

야, 왜 죽상이야?
네 사랑스럽고 귀여운 스낵몬 카드가
없어지기라도 했냐?
내 말 안 들려?

못된 마이크 녀석이 뭐라고 하든 상관없었어.
내 머릿속은 온통….

'이제 더 이상 슈퍼 드윕은 없다.'는

절망으로 꽉 찼거든.

4. 다시 찾아간 방사능 섬

한편 모나는….

잠수함이 날다니, 정말 근사하네요!

여러모로 쓸모가 있지. 비밀 요원만 가지는 특권 중 하나이기도 하고.

그건 그렇고, 무슨 일이에요? 이 방사능 섬에서 일어나는 일은 특급 기밀 아니에요? 왜 저한테 알려 주려는 거예요?

S.S.C.R.A.M.은 마법 연필의 존재를 안 이후, 지금까지 방사능 무기를 만들려고 노력했어. 난 네 덕분에 그게 얼마나 잘못된 생각이었는지 알게 됐고.

그럼 이 모든 게 보스의 명령 때문이라는 거예요? 도대체 어떤 사람이에요?

상상할 수 없을 만큼 높은 지위를 가진 사람이지. 그리고 내가 정말 싫어하는 사람이기도 하고.

자, 지금부터 두 분께 새로운
시설을 보여 드리겠습니다!
그리고 분명히 말하자면….

난 이제 악당이 아니에요. 절대로!

수상한
눈 떨림!

그러시겠죠.

우린 이 섬의 플루토늄을 모아서
슈퍼 드윕의 연필을 복제하는 데
쓸 계획이에요!

그리고 플루토늄이 연필 외의 다른 물체에
어떤 영향을 미치는지도 연구 중이에요.
저기 보세요!

저런!

이곳은 우리가 흔히 쓰는 물건들을
고농축 플루토늄에 담가 두는 곳이에요!

멋지죠?

이 엄청난 실험을 하고 나서
얻은 결론은 뭐죠?

아쉽게도 만족할 만한 결과는
아직 없어요. 슈퍼 드윕의 마법 연필과
비슷한 건 하나도 못 만들었거든요.

지금까지
만든 건...

그림자가 생기지 않는 모자!

상대방이 먹은 점심 메뉴를
알아맞히는 곰 인형!

생선 튀김!

빛을 뿜는 트럼펫!

음, 생각보다 더 형편없는
물건들이네요.

그러게요.

이 물건들에는 마법 연필에 들어 있는 중요한 성분이 없기 때문이에요.
엄청난 초능력을 만들어 내는 그 성분이 도대체 먼지 확실하진 않지만,
제 생각엔 그게 바로 슈퍼 드웝인 것 같아요.
방사능 연필이 슈퍼 드웝과 만나서 강한 힘을 발휘하는 거예요.

강력한
초능력의 비밀!

상상력이 지나치네요.

느낌이
안 좋아요!

슈퍼 드웝을 잡아서
기계에 연결한 다음,
슈퍼 드웝의 DNA를 채취하면….

뭐라고요?

어떻게 그런
끔찍한 생각을
할 수가 있죠?

슈퍼 드웝은 좋은 일을 하는 착한 친구예요.
내 친구에게 그런 실험을 한다면
가만있지 않을 거예요. 게다가
S.S.C.R.A.M.에서도 그런 위험하고
엉뚱한 실험을 허락할 리 없어요!

집에 갈래요!

역시 좋은 아이야!

내가 뭐 실수했나요? 방사능 무기를 만들기 위해 슈퍼 드윕을 잡아 온다는 게 잘못된 거예요?

아, 짜증 나! 내가 저런 쓸데없는 이야기나 들으려고 여기까지 온 거야?

어이!

알다가도 모를 동데크 선장님? 여기서 뭐 하고 계세요? 왜인지 모르겠지만, 제가 여기 올 때마다 나타나시는 거 알아요?

내가 나타난 게 아니라 네가 나타난 거란다! 난 항상 여기 있다고!

저 좀 육지까지 태워 주시면 안 될까요?

물론 되지! 어서 타!

다른 건 몰라도 일단 스톰 요원은 우리 편이야. 앤디에게도 말해 줘야 해.

39

그날 저녁, 우린 모나 집에서 보드게임을 하며 이야기했어.
온통 **나쁜 소식들뿐**이었지.

"상황이 심각해! 마법 연필은 부러졌고 S.S.C.R.A.M.은
새로운 무기를 만들기 위해 <u>너를</u> 이용하려고 해!"
모나가 말했어.

"방법이 없어! 이제 내가 누구인지도 모르겠어.
마법 연필이 없으면 난 정말 아무것도 아니야!"
난 엉엉 울어 버렸어.

그만 울어!
앤디, 넌 여전히
멋있어!

정말?
마법 연필이 없어도?

"도대체 내가 어쩌다가 이렇게 된 거야?"

"이게 다 미래에서 온 그 악당들이랑
기분 나쁘게 이상한 빛을 뿜던 트럼펫 때문이야!" 내가 중얼거렸어.

"잠깐. 너 방금 트럼펫이라고 했어?"
모나가 내 말을 잘랐어.

"응, 못된 달걀 녀석이 시공간을 이동하는 트럼펫을
갖고 있었는데 침팬지가 망가뜨렸어!"

이제 다
알겠어!

"바텀 박사가 다시 S.S.C.R.A.M.으로
돌아와서 새로운 시설을 만들었어.
그리고 그곳에서 트럼펫을 봤어.
바텀 박사는 미래에 다시 악당이 돼서
그 트럼펫을 사용한 거야! 널 물리치려면
시간을 돌려 과거로 와야 할 테니까!"

"이 모든 걸 한 번에 알아내다니, 모나 넌 정말 천재야."

"그렇게 어려운 것도 아닌데, 뭘!
네가 말한 시계 박사의 생김새를 들어 보니
시계 박사와 엉덩지우개 박사는 분명 같은 사람이야."

누가 봐도
같은 사람!

"트럼펫을 가져오려면 계획이 필요해.
작동은 어떻게든 될 것 같으니까 걱정하지는 말고.
예를 들면, 네 안에 있는 **슈퍼 드웝 유전자** 같은 게
그 트럼펫을 작동시킬 수도 있겠지!"

우아,
슈퍼 드웝
유전자라니!

"내가 연구소 인턴을 그만두지 않았더라면
방사능 섬에 쉽게 들어갈 수 있었을 텐데!
다른 방법을 찾아보는 수밖에."

모나의 타임 트럼펫 작전!

1단계 동데크 선장님에게 방사능 섬으로 데려다 달라고 한다.

내가 새로 만든
주의 사항부터
듣고!

2단계 S.S.C.R.A.M.에서 빌려 온 커피 드론으로 트럼펫을 몰래 가져온다.

훔친 게
아니고?

빌린 거라고!

3단계 마법 연필이 부러지기 전으로 시간을 거슬러 올라간다.
마지막으로 트럼펫을 사용해 악당들을 미래로 돌려보내면 끝!

아하!
이제 알겠어!

"꼭 명심해야 할 게 하나 있어.
과거의 너와 현재의 네가 만나면
우주가 파괴될지도 몰라." 모나가 말했어.

"정말 그런 일이 일어날 수 있다고?"
생각만 해도 소름이 끼쳤어.

"응, 하지만 너무 걱정하지는 마.
여기 작전 주의 사항을 적어 놨으니까 읽어 보고!"

5. 타임 트럼펫

며칠 후

도와주셔서 감사해요, 선장님!
필요할 때마다 항상 배를 태워 주시네요!

뭘, 이런 걸 가지고!
어린이를 돕는 건 아주 보람된 일이지!

하지만 먼저….
주의 사항부터!

가는 길에 뭘 조심해야 하는지는
이미 다 들어서 알고 있어요. 선장님!

그게 아니라, 방금 왁스 칠을 해 놨거든!
갑판 미끄러우니까 조심하라고!

으악!

꽈당!

잠시 후….

좋았어, 이제 트럼펫을 가져오자고!

숨김 모드 작동!

오류가 발생했습니다!

앤디! 커피 드론에 숨김 모드가 있을 리 없잖아.

캐러멜 라테 한 잔 부탁해! 어이! 이봐!

무시하고 가!

♪

자, 침착하게…. 조심조심….

됐어! 이제 빨리 탈출해!

좋아, 그럼 이제 트럼펫을 작동시켜 봐!

어, 어떻게?

작동! 출발! 어…. 어떡하지?

혹시 모르니 여기저기 그냥 막 눌러 볼까?

앤디! 안 돼!

꾹꾹! 쾅쾅!

정확한 시간에 정확한 곳으로 도착하는 게 중요해! 마음대로 버튼을 눌렀다가 엉뚱하고 위험한 곳으로 떨어지면 어떡하려고 그래?

빠암! 붑! ~

뿌아앙.

지지직!

까야아아아아악!

49

무서워서 못 보겠어! 이번엔 또 어디야?

여긴 그럭저럭 괜찮네!
1980년대인 것 같은데?

아, 엄마 아빠가 80년대
이야기를 해 주신 적이 있어.
글쎄 그땐 와이파이도 없었대!

헉, 와이파이! 안 돼!

잠시 후….

드디어 우리가 돌아갈
시간에 딱 맞는 좌표를
정확하게 찾았어!
가 보자!

뿌아앙!!

이번엔 제대로 도착! 과거의 내가
은행 옥상에서 악당들이랑 싸우고 있어!

"저 녀석들이 내 연필을 집어 던지기 전에 막아야 해!"
난 마음이 급했어.

"아니, 절대 안 돼! 연필이 떨어질 때까지 기다려.
과거의 너와 현재의 네가 마주치면 큰일 난다고 했잖아.
우주 전체가 갈기갈기 찢어질 수도 있다고!"
다시 모나가 경고했어.

아, 그렇지.
내가 우주를 파괴할
수도 있다는 걸
깜빡했어.

그래,
그렇다니까!

"겨우 열 살인 나에게 이런 시련이 닥치다니!"
나는 혼자 웅얼거렸어.

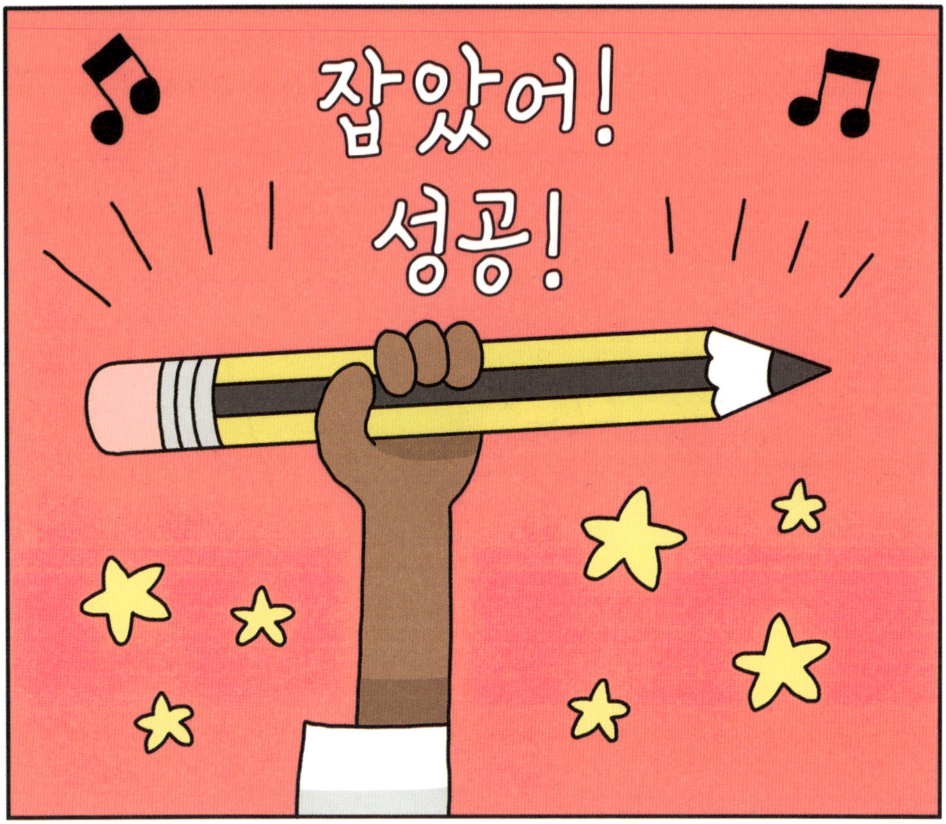
잡았어!
성공!

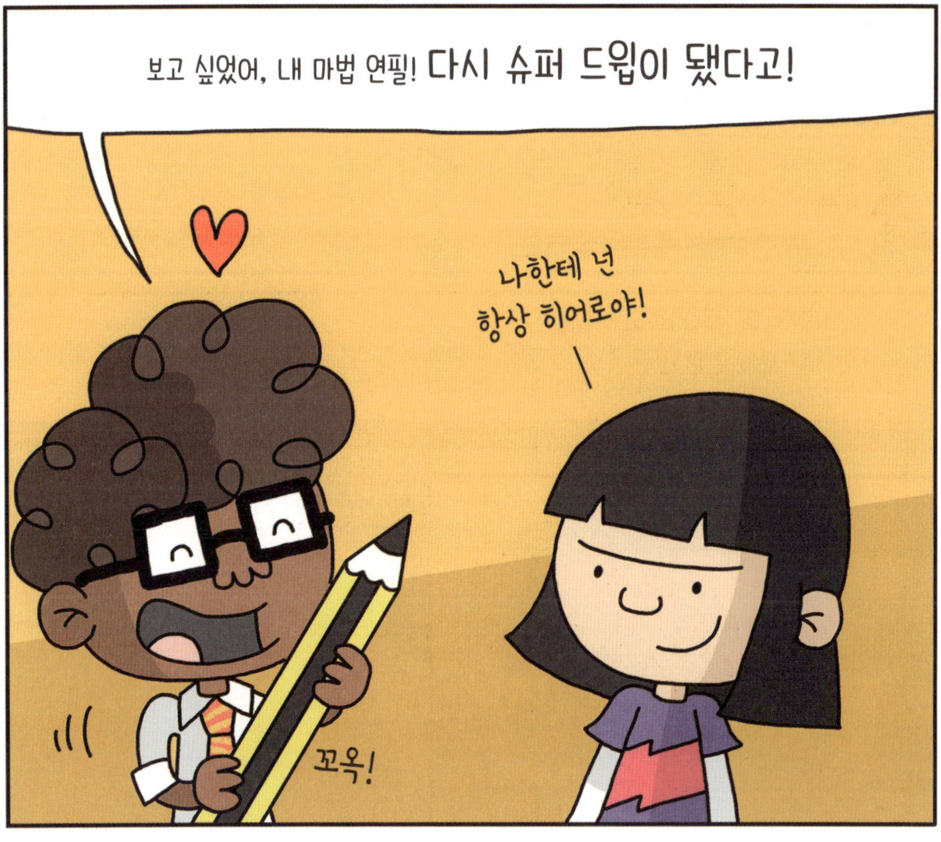
보고 싶었어, 내 마법 연필! 다시 슈퍼 드윕이 됐다고!
나한테 넌 항상 히어로야!
꼬옥!

빨리 쓰레기통 뒤에 숨자.
우리가 연필을 들고 있는 걸 과거의 앤디가 보면 안 돼.

됐어, 이제 과거의 앤디가 찾을 수 있게 망가진 연필을 그려야 해.
진짜 마법 연필은 우리가 가져가고!

헤헤!

서둘러! 저기….
슈퍼 드윕이 오고 있어!

앤디, 지금 엄청 속상하지? 그 마음 내가 알아.
하지만 다시 마법 연필을 찾게 될 테니까 너무 걱정하지 마!

자, 이제 악당들이 내려오길 기다린 다음
쫓아가서 미래로 돌려보내자.

아, 잠깐만 기다려.
쓰레기통에서
히어로 슈트를 꺼내 올게.

저기 있네! 우아, 미래의 패션 스타일 정말 못 봐주겠다!

아, 내 슈트!
이 느낌이 너무 그리웠어!

6. 미래로 돌아가!

과거를 다 바꾼 줄 알고 신나서
아이스크림 먹는 것 좀 봐, 바보들!

어이! 미래에서 온 바보들!

잠깐! 저 빌어먹을 연필은 분명히 망가졌었는데….

으으…. 그렇다면 다시 부숴 버리자!

트럼펫을 미래로 조정하고 있을게.
앤디, 넌 시간 좀 끌어 줘.

좋았어!

오랜만에 실력을 보여 주지!

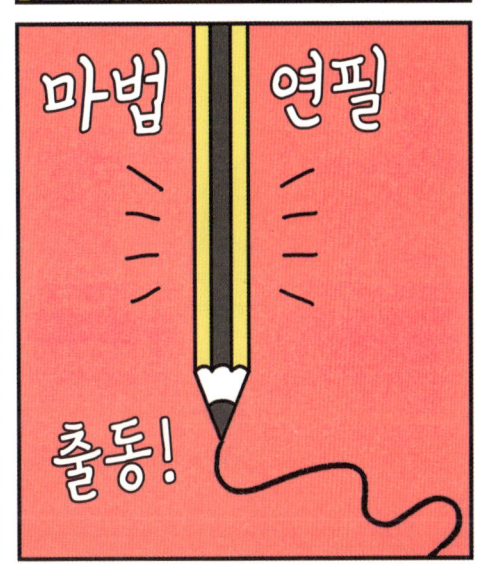

마법 연필

출동!

완두콩 군대 공격!

꼬끼오 초음파를
쏘는 닭!

부글부글!
가스 찬 완두콩,
방귀 발사 직전!

머리 두 개 달린
사나운 개!

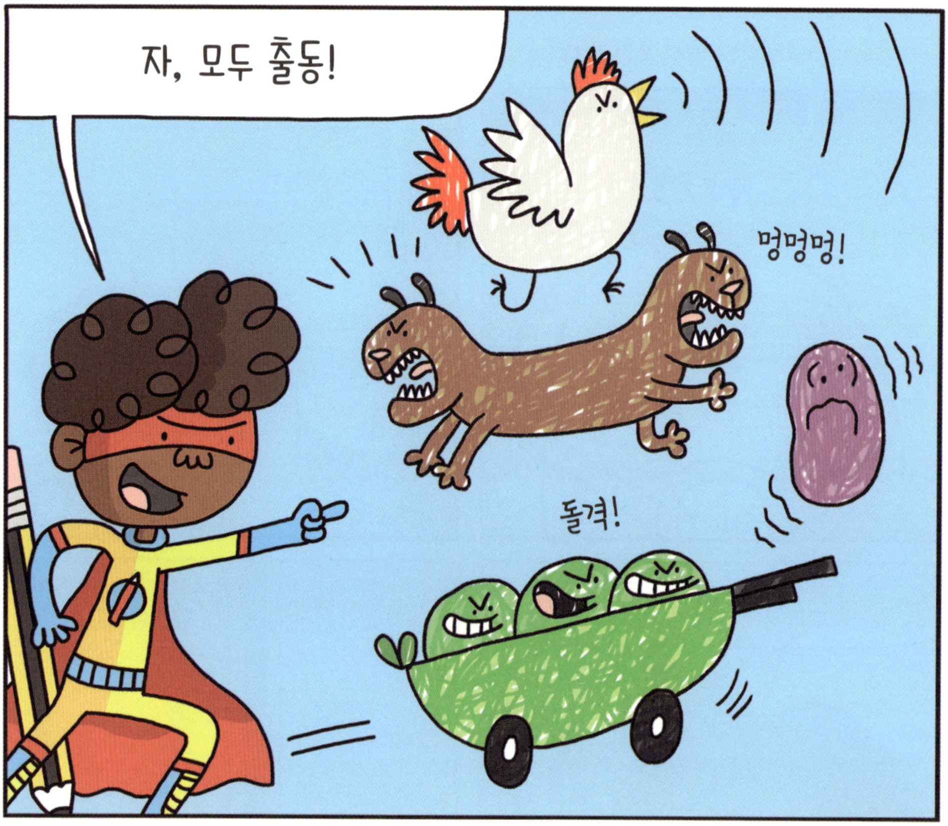
자, 모두 출동!
멍멍멍!
돌격!

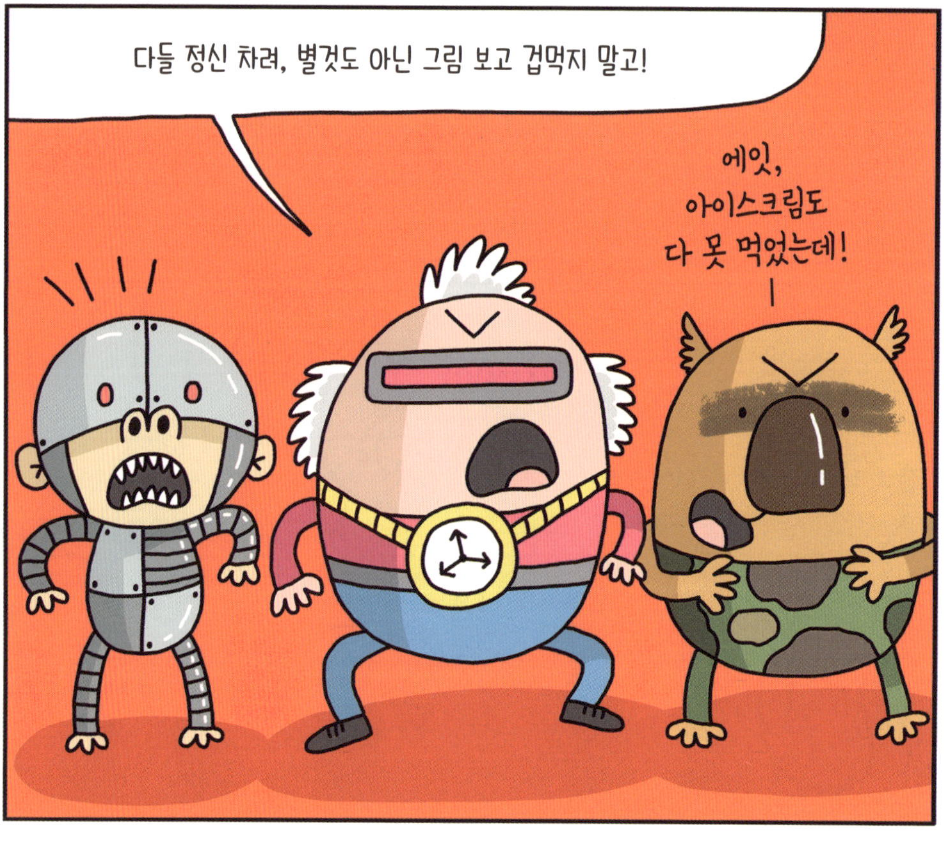
다들 정신 차려, 별것도 아닌 그림 보고 겁먹지 말고!
에잇,
아이스크림도
다 못 먹었는데!

이 귀찮은 녀석! 뭘 어떻게 했는지 모르지만
내가 절대 그냥 넘어가진 않을 거야!

암요, 그러시겠죠.
바텀 박사!

옷만 바뀌고, 꼰대인 건 그대로네요!

쯧쯧!
버릇없는 녀석!

됐어! 시간 설정 완료!

뻽!

앤디, 지금이야!

야!
트럼펫이 왜
너한테 있어?

빠라빠빠암빰!

좋았어, 준비하시고….

끄적끄적!

기니피그 해일! 발사!

으악, 살려 줘!

밀어!

잘 가!

앗! 트럼펫이!

지지지직! 쾅!

미래로 가는 입구가 닫혔습니다!

음성 시스템!

다 보내 버렸어. 우리가 해냈어!

순식간에 트럼펫도 포털 안으로 들어갔어!

트럼펫도 다시 미래로 가는 게 맞지. 과거가 바뀌면 현재도 미래도 다 엉망이 되니까!

무슨 말이야?

예를 들어서 네가 과거로 가서 부모님의 결혼을 막으면 현재의 네가 있을까?

그런데 이게 무슨 일일까? 트럼펫은 딱 1분 후의 미래로 도착했어.

그렇지, 역시 내 예상이 맞았어!

지지직!

불길한 음악!

수상한 눈 떨림!

쾅!

타임 트럼펫이 바텀 박사의 손에 들어갔어! 과연 앞으로 어떤 일이 일어날까? 아, 잠깐! 우리 이미 다 알고 있잖아! 세상에!

"우리가 무슨 일을 해냈는지 봐. 과거를 다시 바로잡고
현재, 미래, 그리고 우주까지 다 지켜 낸 거야."
집으로 걸어가면서 내가 모나에게 말했어.

"나도 그렇게 생각해.
악당들이 바꿔 놓은 과거를 다시 바로잡았으니까
트럼펫도 제자리로 돌아간 거고."
모나가 대답했어.

"그럼 이게 계속 반복돼서 과거의 우리가
또 트럼펫을 훔치는 거 아냐?
그러곤 처음부터 또다시
미래의 악당들이랑 싸우고?"
내가 걱정스레 물었어.

"있잖아, 앤디.
너무 깊게 생각하지 말자."
모나가 말했어.

"내가 과학 캠프에 있는 동안 뭐 재밌는 일 있었던 건 아니지?"
오스카가 헐레벌떡 달려와 물었어.

"오스카, 지금 이 순간에 집중해.
<u>과거</u>는 지나갔고, <u>미래는</u> 아직 오지 않았어.
오직 <u>현재</u>만 존재하는 거야. 그래서 바로 지금!
우린 재미있게 게임을 하는 중이고!"
내가 말했지.

"대충 둘러대는 거 다 알아. 억울해! 슈퍼 드윕의 활약을 놓쳤잖아!"
오스카는 곧 울음을 터뜨릴 것 같았어.

"자, 울지 말고 이거 가져. 그 안에 진짜 희귀한 카드도 몇 장 있는데,
어디서도 못 구하는 거야. 미래에서 온 거거든!"
난 스낵몬 카드 컬렉션 전부를 오스카에게 건넸어.

우아!
학교에 가져가면
인기 폭발이겠다!

와, 앤디!
정말 멋진데!
그렇게 애지중지하던
스낵몬 카드 컬렉션을
양보하다니!

사실은,
그게….

 기린미디어

요술 연필 페니

짜릿한 모험, 우정, 즐거운 상상이 넘쳐 나는

요술 연필 페니
1 놀라운 필통 속 세상

받아쓰기, 수학 계산도 잘하는 똑똑한 연필 페니와 필기구들의 놀라운 세상 속으로!

요술 연필 페니
2 성공적인 비밀 작전

교실에서 벌어지는 의문의 사건들. 이를 해결하러 나선 페니와 친구들의 짜릿한 모험!

요술 연필 페니
3 방송국의 수상한 그림자

우연히 TV에 출연했다 프로그램이 중단될 위기를 포착하고 문제 해결에 나선 페니!

요술 연필 페니
4 기상천외한 스포츠 축제

올림픽이 인간 세계에만 있다고? 지금 여기, 필기구들의 놀라운 스포츠 축제가 펼쳐진다.

요술 연필 페니
5 우주 비행의 꿈

우주 캠프 참가를 놓고 벌어진 치열한 경쟁! 페니는 과연 우주 탐험에 성공할 수 있을까?

요술 연필 페니
6 위기의 동물원을 구하라!

동물원 소풍에서 드러난 검은 매직펜의 음모! 필통 세계의 브레인, 페니의 계획은?

에일린 오헬리 글 | 니키 펠란 그림 | 공경희, 신혜경 옮김 | 각 권 13,000원